HÉSIODE ÉDITIONS

ARTHUR CONAN DOYLE

L'Aventure des plans du Bruce-Partington

Hésiode éditions

© Hésiode éditions.

1 rue Honoré - 93500 Pantin.
ISBN 978-2-38512-159-4
Dépôt légal : Janvier 2023

Impression Books on Demand GmbH

In de Tarpen 42
22848 Norderstedt, Allemagne

L'Aventure des plans du Bruce-Partington

Au cours de la troisième semaine de novembre, en 1895, une brume jaune et dense s'installa sur Londres. Du lundi au jeudi, je doute qu'il ait été possible un moment de voir de nos fenêtres de Baker Street la silhouette des maisons nous faisant face. Le premier jour, Holmes l'avait passé à indexer son énorme livre de références. Le deuxième et le troisième avaient été patiemment consacrés à un sujet dont il avait récemment fait son hobby – la musique du Moyen Âge. Mais lorsque pour la quatrième fois, après avoir quitté la table du petit déjeuner, nous vîmes les volutes lourdes, graisseuses et brunes passer devant nous et se condenser en gouttes huileuses sur les carreaux, la nature impatiente et active de mon compagnon ne supporta plus cette terne existence. Une fièvre d'énergie réprimée le poussa à faire les cent pas incessamment dans le salon, se rongeant les ongles, pianotant sur les meubles, et s'irritant contre l'inaction.

« Rien d'intéressant dans les journaux, Watson ? » dit-il.

J'étais conscient que par « intéressant », Holmes entendait « d'intérêt criminel ». Il y avait les nouvelles d'une révolution, d'une guerre possible, et d'un changement de gouvernement imminent, mais ces choses n'entraient pas dans les considérations de mon compagnon. Je ne pouvais rien lire dans le domaine du crime qui ne fût commun et mineur. Holmes grogna et recommença ses errances sans répit.

« Le criminel londonien est certainement un homme bien terne, » dit-il de la voix querelleuse du chasseur auquel le gibier fait défaut. « Regardez par cette fenêtre, Watson. Voyez comme les formes sont déformées, se distinguent à peine, puis se fondent de nouveau dans le brouillard. Le voleur ou le meurtrier pourrait s'abattre sur Londres un jour pareil comme le tigre sur la jungle, invisible jusqu'à ce qu'il bondisse, visible seulement de sa victime.

« Il y a eu, » dis-je, « de nombreux vols mineurs. »

Holmes renifla de mépris.

« Cette grande et sombre scène mérite mieux que ça, » dit-il. « Il est heureux pour cette communauté que je ne sois pas un criminel. »

« En effet ! » dis-je du fond du cœur.
« Supposons que je sois Brooks ou Woodhouse, ou l'un quelconque des cinquante hommes qui ont de bonnes raisons de vouloir s'en prendre à ma vie, combien de temps pourrais-je survivre à mes propres plans ? Une convocation, un faux rendez-vous, et tout serait terminé. Heureusement qu'ils n'ont pas de jours de brouillard dans les pays latins — les pays des assassinats. Seigneur ! Voici enfin quelque chose pour rompre cette monotonie mortelle. »

C'était la servante, avec un télégramme. Holmes l'ouvrit impatiemment et éclata de rire.

« Hé bien, hé bien ! Quoi d'autre ? » dit-il. « Mon frère Mycroft vient ici. »

« Pourquoi pas ? » demandais-je.

« Pourquoi pas ? C'est comme si vous rencontriez un tramway sur une route de campagne. Mycroft a ses rails et ne les quitte jamais. Son logement à Pall Mall, le club Diogène, Whitehall, c'est son circuit. Une, et une seule fois, il est venu ici. Quel bouleversement a bien pu le dérailler ? »

« Il ne l'explique pas ? »

Holmes me tendit le télégramme de son frère.

Dois te voir pour Cadogan West. Arrive immédiatement. MYCROFT.

« Cadogan West ? J'ai entendu ce nom. »

« Ça ne me rappelle rien. Mais que Mycroft se dérange ainsi ! Une planète pourrait tout aussi bien quitter son orbite. Au fait, savez-vous ce qu'est Mycroft ? »

J'avais de vagues souvenirs d'une explication datant de l'aventure de l'interprète grec.

« Vous m'avez dit qu'il avait quelque emploi obscur au gouvernement. »

Holmes s'esclaffa.

« Je ne vous connaissais alors pas aussi bien. L'on se doit d'être discret lorsqu'on parle des plus hautes affaires de l'État. Vous avez raison de penser qu'il travaille pour le gouvernement. Vous auriez aussi raison, dans un certain sens, si vous disiez qu'occasionnellement il est le gouvernement britannique. »

« Mon cher Holmes ! »

« Je pensais bien que ça pourrait vous surprendre. Mycroft touche quatre cent cinquante livres par an, reste un subordonné, n'a pas d'ambition, d'aucune sorte, ne recevra ni honneur ni titre, mais demeure l'homme le plus indispensable de ce pays. »

« Mais comment ? »

« Eh bien, sa position est unique. Il se l'est faite lui-même. Il n'y en eut jamais de semblable, et il n'y en aura plus. Il a le cerveau le plus ordonné et organisé qui soit, avec la plus grande capacité pour mémoriser les faits qu'on ait jamais vue. Ces mêmes talents remarquables que j'ai consacrés aux enquêtes criminelles, il les a utilisés pour ce travail particulier. Les conclusions de chaque département lui sont communiquées, et il est le nœud crucial, le centre de traitement, qui les jauge et les classe. Tout les autres hommes sont des spécialistes, mais sa spécialité est l'omniscience. Supposons qu'un ministre ait besoin d'informations sur un sujet touchant à la fois à la Navy, aux Indes, au Canada et la question du bimétallisme ; il pourrait obtenir les avis des différents départements sur chacun des sujets, mais seul Mycroft peut les traiter comme un tout, et annoncer naturellement dans quelle proportion chaque facteur affectera les autres. Ils ont commencé par l'utiliser comme un raccourci, une commodité ; maintenant il s'est rendu indispensable. Dans ce grand cerveau qu'est le sien, tout est soigneusement rangé et peut être restitué en un instant. Ses paroles ont plus d'une fois décidé de la politique nationale. Il vit dedans. Il ne pense à rien d'autre sauf lorsqu'en guise d'exercice intellectuel je soumets à son avis l'un de mes petits problèmes. Mais Jupiter descend de son Olympe aujourd'hui. Qu'est-ce que cela peut bien signifier ? Qui est Cadogan West, et que représente-t-il donc pour Mycroft ? »

« Je l'ai, » m'écriai-je, et me plongeai dans le monticule de journaux sur le sofa. « Oui, oui, il est là, j'en étais sûr ! Cadogan West est le jeune homme qui a été découvert mort dans le métro mardi matin. »

Holmes s'assit, l'attention en éveil, la pipe à mi-chemin des lèvres.

« Ce doit être sérieux, Watson. Une mort qui convainc mon frère de changer ses habitudes ne peut être ordinaire. Qu'a-t-il au monde à faire avec elle ? Le cas ne sortait pas de l'ordinaire, pour autant que je me souvienne. Le jeune homme était apparemment tombé du train et s'était tué. Il n'avait pas été volé, et il n'y avait pas de raison particulière de soupçonner de la violence. N'est-ce pas ? »

« Il y a eu enquête, » dis-je, « et un certain nombre de faits nouveaux se sont fait jour. Vu de plus près, je dirais qu'il s'agissait certainement d'un curieux cas. »

« À en juger par son effet sur mon frère, il doit s'agir d'un cas des plus extraordinaires. » Il s'enfonça dans son fauteuil. « Maintenant, Watson, donnez-nous les faits. »

« Le nom de l'homme était Arthur Cadogan West. Il était âgé de vingt-sept ans, célibataire, et clerc à l'arsenal de Woolwich. »

« Un employé du gouvernement. Le voilà le lien avec Mycroft ! »

« Il a quitté Woolwich soudainement lundi soir. A été vu pour la dernière fois par sa fiancée, Mademoiselle Violet Westbury, qu'il a abruptement laissée dans le brouillard vers 19 h 30 ce soir-là. Il ne se querelaient pas et elle ne peut donner aucun motif à son geste. On n'a pas eu de nouvelles de lui jusqu'à ce que son corps sans vie soit retrouvé par un installateur de rails nommé Mason, tout près de la station d'Aldgate dans le métro de Londres.

« Quand ? »

« Le corps a été trouvé à six heures mardi matin. Il gisait à l'écart des rails à gauche de la voie pour qui va vers l'est, près de la station, là où la ligne émerge du tunnel où elle circule. La tête était très écrasée – une blessure qui a très bien pu être causée par une chute du train. Le corps n'a pu venir sur la voie que de cette manière. S'il avait été transporté d'une rue voisine, il aurait dû franchir les barrières de la station, où un contrôleur est présent en permanence. Ce point semble absolument certain. »

« Très bien. Le cas semble assez limpide. L'homme, mort ou vif, est soit tombé soit a été précipité du train. Cela me semble acquis. Continuez. »

« Les trains qui parcourent les voies auprès desquelles le corps a été trouvé sont ceux qui vont d'ouest en est, certains purement métropolitains, d'autres de Willesden et des gares au-delà. On peut affirmer avec certitude que ce jeune homme, lorsqu'il a trouvé la mort, voyageait dans cette direction assez tard dans la nuit, mais on ne saurait dire où il est monté dans le train. »

« Son ticket, bien sûr, devrait l'indiquer. »

« Il n'y avait pas de ticket dans ses poches. »

« Pas de ticket ! Watson, mon cher, c'est vraiment très singulier. D'après mon expérience, il n'est pas possible de rejoindre les quais pour monter à bord d'un train métropolitain sans montrer son ticket. On peut donc présumer que le jeune homme en avait un. Lui a-t-il été pris pour dissimuler sa gare d'entrée ? C'est possible. Ou l'a-t-il laissé tombé dans le wagon ? C'est aussi possible. Mais le point est à noter. J'ai cru comprendre qu'il n'y avait pas trace de vol ? »

« Apparemment non. Il y a ici une liste de ses affaires. Sa bourse contenait deux livres quinze. Il avait également un chéquier du guichet de Woolwich de la Capital and Counties Bank. C'est ce qui a permis de l'identifier. Il y avait également deux places pour le premier balcon au théâtre de Woolwich, daté de ce même soir. Ainsi qu'une petite liasse de papiers techniques. »

Holmes poussa une exclamation de satisfaction.

« Nous y voilà donc enfin, Watson ! Le gouvernement britannique – Woolwich Arsenal – papiers techniques – Mycroft, la chaîne est complète. Mais il vient à point, si je ne m'abuse, pour s'expliquer lui-même. »

Un instant plus tard, la grande et solide forme de Mycroft Holmes s'introduisit dans la salle. L'homme était bâti solidement et d'une corpulence massive. Il y avait comme l'impression d'une inertie physique brute dans sa silhouette, mais au sommet de ce corps lourd se perchait une tête si impérieuse dans ses sourcils, si alerte par ses yeux gris acier profondément enfoncés, si ferme dans ses lèvres, et si subtile par ses jeux d'expression, qu'après un premier regard on oubliait le physique mal dégrossi et l'on ne se souvenait que de l'esprit qui dominait.

Le suivait sur les talons notre vieil ami Lestrade, de Scotland Yard – mince et austère. La gravité de leurs deux visages augurait d'une requête lourde d'implications. Le détective nous serra la main sans un mot. Mycroft se débarrassa de son manteau et s'installa dans un fauteuil.

« Une affaire des plus ennuyeuses, Sherlock, » dit-il. « J'ai horreur de modifier mes habitudes, mais mes supérieurs n'acceptent aucun refus. Vu la situation actuelle au Siam il est très gênant que je m'absente du bureau. Mais ceci est une véritable crise. Je n'ai jamais vu le premier Ministre dans un état pareil. Quant à l'amirauté – ils bourdonnent comme une ruche renversée. As-tu pris connaissance de l'affaire ? »

« Nous venons de le faire. Quels étaient ces papiers techniques ? »

« Ah, c'est là le problème ! Heureusement, ça n'a pas été rendu public. La presse s'emparerait de l'affaire si c'était le cas. Les papiers que ce pauvre jeune homme avaient en poche étaient les plans du Bruce-Partington, le sous-marin. »

Mycroft Holmes parlait avec une solennité qui soulignait toute l'importance du sujet. Son frère et moi restions à l'écoute.

« Vous en avez sûrement entendu parler ? Je pensais que tout le monde en avait entendu parler. »

« En passant seulement. »

« Son importance peut difficilement être exagérée. C'est le secret le plus jalousement gardé du gouvernement. Tu peux me croire sur parole lorsque je te dis qu'une guerre navale devient impossible dans le rayon d'action d'un Bruce-Partington. Il y a deux ans, une somme très considérable est passée par les bureaux navals et a été utilisée pour acquérir le monopole de l'invention. Tous les efforts ont été faits pour garder le secret. Les plans, qui sont extrêmement compliqués et incluent quelques trente brevets distincts, chacun essentiel au fonctionnement du tout, sont gardés dans un coffre-fort perfectionné dans un bureau discret attenant à l'Arsenal muni de portes et fenêtres à l'épreuve des voleurs. Les plans ne pouvaient quitter le bureau sous aucun prétexte. Si le constructeur en chef de la Navy souhaitait les consulter, même lui devait se rendre au bureau de Woolwich. Et pourtant les voici, retrouvés dans la poche d'un jeune secrétaire mort au cœur de Londres. D'un point de vue officiel c'est proprement consternant. »

« Mais vous les avez récupérés ? »

« Non, Sherlock, non ! C'est là tout le problème. Nous ne les avons pas récupérés. Dix plans ont été pris de Woolwich.

Il y en avait sept dans la poche de Cadogan West. Les trois plus importants se sont envolés. Tu dois tout laisser tomber, Sherlock. Oublie tes petits mystères policiers habituels. C'est un problème d'importance internationale que tu dois résoudre. Pourquoi Cadogan West a-t-il pris les plans, où sont ceux qui manquent, comment est-il mort, comment son corps est-il arrivé là où il a été trouvé, comment ce drame peut-il être réparé ? Réponds à toutes ces questions, et tu auras rendu un grand service à ton pays. »

« Pourquoi ne le résous-tu pas toi-même, Mycroft ? Ton intellect vaut bien le mien. »

« Peut-être bien, Sherlock. Mais il s'agit de rassembler des détails.

Donne-moi l'ensemble de tes détails, et d'un fauteuil je te rendrais un excellent avis d'expert. Mais courir ici et là, recouper les interrogatoires des gardes-barrières, et me coucher l'œil collé à une loupe pour réunir les détails, ce n'est pas mon métier. Non, tu es le seul homme à pouvoir dénouer cette situation. S'il te prend l'envie de voir ton nom sur la prochaine liste des décorés – »

Mon ami sourit et secoua la tête.

« Je joue le jeu pour l'amour du jeu, » dit-il. « Mais le problème présente certainement des aspects intéressants, et je serais ravi d'y jeter un œil. Donne-moi encore quelques faits, s'il te plaît. »

« J'ai noté les plus essentiels sur cette feuille de papier, avec quelques adresses que tu trouveras utiles. L'actuel< ! --il n'y a vraiment pas de raison de croire que le sens faux-ami est celui voulu--> gardien officiel de ces plans est Sir James Walter, le célèbre expert du gouvernement. Ses décorations et titres remplissent deux lignes d'un livre de référence. C'est un homme blanchi sous le harnais, un gentleman, un invité honoré des plus nobles maisons, et par dessus tout un homme dont le patriotisme est au delà de tout soupçon. Il est l'un des deux hommes possédant une clé du coffre. Je peux ajouter que les plans étaient indubitablement au bureau pendant les heures de travail lundi, et que Sir James est parti pour Londres vers trois heures de l'après-midi. Il est demeuré à la maison de l'amiral Sinclair à Barclay Square pendant toute la soirée où les faits se sont produits. »

« Cela a bien été vérifié ? »

« Oui. Son frère, le colonel Valentine Walter, a confirmé son départ de Woolwich, et l'amiral Sinclair son arrivée à Londres. Sir James n'est plus un facteur direct du problème. »

« Qui était l'autre homme avec une clé ? »

« Le secrétaire et dessinateur technique principal, M. Sidney Johnson. Un homme de quarante ans, marié, avec cinq enfants. C'est un homme silencieux et morose, mais il a, l'un dans l'autre, un excellent dossier au service de l'État. Il est impopulaire auprès de ses collègues, mais il travaille dur. D'après son témoignage, corroboré uniquement par sa femme, il était à la maison pendant toute la soirée de lundi après ses heures de bureau, et sa clé n'a jamais quitté la chaîne de montre à laquelle elle est suspendue. »

« Parle-nous de Cadogan West. »

« Cela faisait dix ans qu'il était dans le service et faisait du bon travail. Il a la réputation d'être impétueux et une tête brûlée, mais droit et honnête. Nous n'avons rien contre lui. Il était le second de Sidney Johnson au bureau. Ses devoirs l'amenaient à être quotidiennement en contact avec les plans. Personne d'autre ne les maniait. »

« Qui a enfermé les plans cette nuit-là ? »

« M. Sidney Johnson, le premier secrétaire. »

« Et bien, on dirait très clairement qu'on sait qui les pris. On les a effectivement retrouvés sur la personne de ce jeune secrétaire, Cadogan West. Cela semble définitif, n'est-ce pas ? »

« Certes, Sherlock, et pourtant cela laisse tant de choses inexpliquées. En premier lieu, pourquoi les a-t-il pris ? »

« Je suppose qu'ils avaient de la valeur ? »

« Il aurait pu en obtenir très facilement plusieurs milliers de livres. »

« As-tu idée d'une raison pour les apporter à Londres, hormis pour les vendre ? »

« Non, aucune. » « Dans ce cas, nous devons en faire notre hypothèse provisoire. Le jeune West a pris les plans, ce qui n'a pu se produire que s'il avait une fausse clé… »

« Plusieurs. Il devait déverrouiller le bâtiment et la pièce. »

« Il avait donc plusieurs fausses clés. Il a emmené les plans à Londres pour vendre ce secret, sans doute dans l'intention de remettre les plans eux-mêmes dans le coffre le matin suivant avant qu'on ne remarque leur absence. Alors qu'il était à Londres pour commettre cette trahison, il a trouvé la mort. »

« Comment ? »

« Supposons qu'il était sur son voyage de retour vers Woolwich lorsqu'il a été tué et jeté hors du wagon. »

« Aldgate, où le corps a été trouvé, est assez loin de la station de London Bridge, qui aurait été sur sa route vers Woolwich. »

« On peut imaginer bien des raisons pour lesquelles il aurait dépassé London Bridge. Quelqu'un dans le wagon, par exemple, avec qui il aurait été en pleine conversation. Conversation qui aurait mené à une violente querelle dans laquelle il aurait perdu la vie. Il a peut-être essayé de quitter le wagon, est tombé sur la voie, et a fini ainsi. L'autre a fermé la porte. Il y avait un épais brouillard, et personne n'a rien vu. »

« Aucune meilleure explication ne peut être donnée en l'état actuel de nos connaissances. Et pourtant considère, Sherlock, tout ce que tu laisses de côté. Supposons pour argumenter que le jeune West ait eu l'intention d'apporter ces plans à Londres. Il aurait alors pris rendez-vous avec un agent étranger et gardé sa soirée libre d'engagements. Au lieu de quoi, il prends deux places pour le théâtre, y escorte sa fiancée, et disparaît subitement à mi-chemin. »

« Un prétexte, » dit Lestrade, qui avait écouté toute cette conversation avec une certaine impatience.

« Un très curieux prétexte. C'était mon objection numéro un. Objection numéro deux : supposons qu'il ait atteint Londres et rencontré l'agent étranger. Il devait ramener les plans avant le matin où leur vol serait découvert. Il en a pris dix. Il n'y en avait que sept dans sa poche. Qu'est-il advenu des trois autres ? Il ne les aura sûrement pas laissés de sa propre volonté. Par ailleurs, qu'en est-il du prix de sa trahison ? On se serait attendu à trouver une bonne somme d'argent dans sa poche. »

« Ça me paraît parfaitement clair, » dit Lestrade. « Je n'ai aucun doute sur ce qui s'est produit. Il a pris les plans pour les vendre. Il a rencontré l'agent. Ils n'ont pas pu se mettre d'accord sur le prix. Il a voulu rentrer, mais l'agent l'a accompagné. Dans le train, l'agent l'a assassiné, a pris les plans les plus importants, et a jeté son corps du wagon. Cela explique tout, n'est-ce pas ? »

« Pourquoi n'avait-il pas de ticket ? »

« Le ticket aurait montré quelle station est la plus proche de la maison de l'agent. Ce dernier l'a donc retiré de la poche de sa victime. »

« Bien, Lestrade, très bien, » dit Holmes. « Votre théorie se tient. Mais si elle est vraie, alors nous ne pouvons rien faire. Pour commencer, le traître est mort. Ensuite, les plans du Bruce-Partington sont sans doute déjà sur le continent. Que nous reste-t-il à faire ? »

« Agir, Sherlock, agir ! » s'exclama Mycroft, bondissant sur ses pieds. «Tous mes instincts s'élèvent contre cette explication. Utilise tes dons ! Va sur la scène du crime ! Interroge les personnes concernées ! Ne laisse pas une pierre intacte qui pourrait cacher quelque chose ! Dans toute ta carrière tu n'as jamais eu une telle chance de servir ton pays.

« Et bien, nous verrons ! » dit Holmes avec un haussement d'épaules. « Venez, Watson ! Quant à vous, Lestrade, auriez-vous la bonté de nous accompagner pour une heure ou deux ? Nous commencerons notre enquête par une visite à Aldgate Station. À plus tard, Mycroft. Je te ferai un rapport avant ce soir, mais je préfère te prévenir que tu n'as pas grand chose à espérer. »

Une heure plus tard Holmes, Lestrade et moi nous tenions sur la voie du métropolitain, là où elle émerge du tunnel, juste avant Aldgate Station. Un vieil homme courtois au visage rougeaud représentait la compagnie ferroviaire.

« C'est là que gisait le corps du jeune homme, » dit-il, indiquant un endroit à environ un mètre des rails. « Il n'a pas pu tomber de plus haut, car ces murs, comme vous le voyez, sont aveugles. Il n'a donc pu arriver qu'avec un train, et ce train, pour autant que nous le sachions, a dû passer vers minuit lundi. »

« Les wagons ont-ils été examinés à la recherche de traces de violence ? »

« Il n'y aucune trace, et aucun ticket n'a été trouvé. »

« Pas de rapports d'une porte laissée ouverte ? »

« Aucune. »

« Nous avons reçu de nouvelles informations ce matin, » dit Lestrade.

« Un passager qui est passé par Aldgate dans un métro ordinaire vers 23 h 40 lundi soir a déclaré avoir entendu un choc sourd, comme d'un corps heurtant la voie, juste avant que le train n'atteigne la station. Il y avait un brouillard dense, cependant, et on ne pouvait rien voir. Il n'en a rien dit sur le moment. Tiens ? Qu'est-ce qui prend M. Holmes ? »

Mon ami fixait les rails là où ils formaient une courbe à la sortie du tunnel avec une expression intense et contenue. Aldgate se situe à une jonction, et il y a donc un réseau d'aiguillages. C'est sur ceux-ci qu'étaient fixés ses yeux curieux et impatients, et je pouvais voir sur son visage alerte cette tension des lèvres, ce frémissement des narines, et la concentration des sourcils broussailleux que je lui connaissais si bien.

« Des aiguillages, » murmura-t-il, « des aiguillages. »

« Qu'y a-t-il à leur sujet ? Que voulez-vous dire ? »

« Je suppose qu'il n'y a pas tant d'aiguillages que ça sur un système tel que celui-ci ? »

« Non ; il y en a très peu. »

« Et un tournant, également. Des aiguillages, et une courbe. Seigneur ! Si ça pouvait être ça. »

« Qu'y a-t-il, M. Holmes ? Avez-vous un indice ? »

« Une idée – une possibilité, pas plus. Mais le cas gagne certainement en intérêt. Unique, parfaitement unique, et pourtant, pourquoi pas ? Je ne vois aucune trace de sang sur la voie. »

« Il n'y en avait guère. »

« Mais j'avais cru comprendre qu'il s'agissait d'une blessure considérable. »

« L'os était écrasé, mais il n'y avait pas de lésion externe majeure. »

« Et pourtant l'on s'attendrait à un certain saignement. Me serait-il possible d'inspecter le train dans lequel voyageait le passager qui a entendu un choc ? »

« Je crains que non, M. Holmes. Ce train a depuis été démantelé, et les wagons redistribués. » « Je peux vous assurer, M. Holmes, » dit Lestrade, « que chaque wagon a été soigneusement examiné. J'y ai veillé personnellement. »

C'était l'une des faiblesses les plus évidentes de mon compagnon que d'être impatient avec les intellects moins vifs que le sien.

« Très certainement, » dit-il en se détournant. « De fait, ce n'était pas les wagons que je souhaitais examiner. Watson, nous avons fait tout ce que nous pouvions ici. Nous ne vous dérangerons pas plus longtemps, M. Lestrade. Je crois que notre enquête doit nous mener maintenant à Woolwich. »

À London Bridge, Holmes écrivit un télégramme pour son frère, qu'il me tendit avant de l'envoyer. Il disait :

«Vois quelque lumière dans le noir, mais elle peut s'éteindre. Entretemps, merci d'envoyer par messager à Baker Street une liste complète de tous les espions étrangers ou autres agents internationaux connus pour être en Angleterre, avec adresse complète. SHERLOCK.

« Cela devrait nous être utile, Watson, » remarqua-t-il alors que nous prenions place dans le train pour Woolwich. «Nous avons certainement une dette envers Frère Mycroft pour nous avoir présenté ce qui promet d'être un cas tout à fait remarquable.

Son visage impatient avait cette expression d'énergie intense et tendue, qui me montrait qu'un indice nouveau et suggestif avait ouvert la voie à une ligne de réflexion stimulante. Voyez le chien de chasse, oreilles pendantes et queue abattue alors qu'il erre dans son chenil, et comparez-le avec le même chien alors que, les yeux brillants et les muscles tendus, il saisit l'odeur de sa proie – tel était le changement intervenu chez Holmes depuis ce matin. C'était un homme différent de la silhouette sans ressort attifée de sa robe de chambre gris souris qui errait sans repos il y a à peine quelques heures dans notre appartement cerné de brume.

« Il y a des faits, là. Il y a du potentiel, » dit-il. « Je suis bien lent de n'avoir pas compris ces possibilités. »

« Même maintenant elles me demeurent obscures. »

« La fin m'est aussi obscure, mais je tiens une idée qui pourrait nous mener loin. L'homme a trouvé la mort ailleurs, et son corps était sur le toit d'un wagon. »

« Sur le toit ! »

« Remarquable, n'est-ce pas ? Mais considérez les faits. N'est-ce pas une étrange coïncidence qu'il ait été trouvé au point précis où le train s'incline et oscille alors qu'il négocie un virage sur des aiguillages ? N'est pas l'endroit même où un objet se trouvant sur le toit serait le plus enclin à tomber ? Les aiguillages n'affecteraient aucun objet dans le train. Soit le corps est tombé du toit, soit une très curieuse coïncidence s'est produite. Mais examinez la question du sang. Bien sûr il n'y pas d'épanchement de sang sur la voie si le corps a saigné ailleurs. Pris individuellement, ces faits sont au mieux suggestifs. Ensemble, ils prennent un certain poids. »

« Et le ticket, également ! » m'écriais-je.

« Exactement. Nous ne pouvions pas expliquer l'absence de ticket. Ceci l'expliquerait. Tout s'explique. »

« Mais supposez qu'il en soit ainsi, nous sommes toujours aussi loin d'avoir élucidé le mystère de sa mort. De fait, elle n'en devient que plus étrange, et non plus simple. »

« Peut-être, » dit Holmes, pensif, « peut-être. »

Il se replongea dans une méditation silencieuse, qui dura jusqu'à ce que le train, poussif, s'arrête enfin à Woolwich Station. Là il héla un fiacre et sortit le papier de Mycroft de sa poche.

« Nous avons un certain nombre de rendez-vous à arranger cet après-midi, » dit-il. « Je pense que Sir James Walter réclame notre attention le premier. »

La maison du célèbre officier était une villa assez chic entourée de vertes pelouses s'étendant jusqu'à la Tamise. Le brouillard se leva alors que nous l'atteignions, et seule une lumière timide et humide demeura. Un majordome répondit à notre sonnerie.

« Sir James, monsieur ! » dit-il avec le visage grave. « Sir James est mort ce matin. »

« Dieu du ciel ! » s'écria Holmes de stupéfaction. « Comment est-il mort ? »

« Peut-être désireriez vous entrer, monsieur, et parler à son frère, le colonel Valentine ? »

« Oui, c'est sans doute la meilleure chose à faire. »

Nous fûmes introduits dans un salon peu éclairé, où un instant plus tard un homme d'une cinquantaine d'années nous rejoignit, très grand, bien fait, avec une barbe claire, le frère cadet du scientifique décédé. Ses yeux sauvages, ses joues tachées et ses cheveux décoiffés indiquaient le coup du sort qui s'était abattu sur la maison. Il avait du mal à articuler.

« C'est cet horrible scandale, » dit-il. «Mon frère, Sir James, était un homme à l'honneur très sensible, et il n'a pu survivre à une telle affaire. Elle lui a brisé le cœur. Il était toujours si fier de l'efficacité de son département, et ce fut un coup fatal.

« Nous espérions qu'il aurait pu nous donner quelque indication qui aurait pu nous aider à éclaircir cette affaire. »

« Je vous assure que c'était aussi mystérieux pour lui que pour vous et pour nous tous. Il avait déjà mis tout ce qu'il savait à disposition de la police. Naturellement il n'avait aucun doute sur la culpabilité de Cadogan West. Mais le reste était inconcevable. »

« Vous n'avez rien à ajouter qui puisse aider ? »

« Je ne sais rien personnellement hormis ce que j'en ai lu ou entendu. Je ne souhaite pas être discourtois, mais vous pouvez comprendre, M. Holmes, que nous sommes bouleversés en ce moment, et je dois vous demander d'abréger cette discussion. »

« C'est un développement bien inattendu, » dit mon ami lorsque nous eûmes rejoint le fiacre. « Je me demande si la mort a été naturelle, ou si le pauvre homme ne s'est pas suicidé ! Dans ce dernier cas, cela peut-il être compris comme un signe de contrition pour avoir négligé son devoir ? Nous devons laisser cette question à l'avenir. Maintenant il est temps d'aller voir les proches de Cadogan West. »

Une maison petite, mais bien tenue, dans les faubourgs de la ville, abritait la mère éplorée. La veille femme était trop accablée de chagrin pour nous être d'aucune aide, mais à ses côtés se trouvait une jeune femme pâle, qui se présenta comme étant Mademoiselle Violet Westbury, la fiancée du mort, et la dernière à l'avoir vu vivant cette nuit fatidique.

« Je ne puis l'expliquer, M. Holmes, » dit-elle. «Je n'ai pas fermé l'œil depuis cette tragédie. Je pense, et je pense, et je pense encore, nuit et jour, à ce que peut être réellement le sens de tout ça. Arthur était l'homme le plus chevaleresque, patriote et intègre qui soit. Il se serait coupé la main droite plutôt que de vendre un secret d'État confié à sa discrétion. C'est absurde, impossible, inconcevable pour quiconque le connaissait.

« Mais les faits, Mademoiselle Westbury ? »

« Oui, oui j'admets que je ne puis les expliquer. »

« Avait-il besoin d'argent ? »

« Non, il se contentait de peu et son salaire était confortable. Il avait économisé quelques centaines de livres, et nous devions nous marier au nouvel an. »

« Aucun signe de nervosité ? Allons, Mademoiselle Westbury, soyez totalement franche avec nous. »

L'œil acéré de mon compagnon avait remarqué quelque changement dans ses manières. Elle rougit légèrement et hésita.

« Oui, » dit-elle enfin, « j'avais le sentiment que quelque chose le préoccupait. »

« Depuis longtemps ? »

« Seulement la dernière semaine, à peu près. Il était pensif et inquiet. Une fois je l'ai interrogé à ce sujet. Il a admis qu'il y avait quelque chose, et que cela concernait sa vie professionnelle.'C'est trop sérieux pour que j'en parle, même à toi,'a-t-il dit. Je n'ai rien pu obtenir de plus. »

Holmes avait l'air grave.

« Continuez, Mademoiselle Westbury. Même si cela semble parler contre lui, continuez. Nous ne savons pas à quoi ça pourrait mener. »

« De fait, je n'ai rien d'autre à dire. Une fois ou deux, il m'a semblé qu'il était sur le point de me dire quelque chose. Il a parlé un soir de l'importance du secret, et il me semble me souvenir qu'il a dit que des espions étrangers paieraient sans doute une fortune pour l'avoir.

Le visage de mon ami se fit encore plus sombre.

« Autre chose ? »

« Il a dit que nous n'étions pas assez soucieux de ce genre de chose – qu'il serait facile pour un traître d'obtenir les plans. »

« Est-ce seulement récemment qu'il a fait de telles remarques ? »

« Oui, assez récemment. »

« Maintenant parlez-nous de ce dernier soir. »

« Nous devions aller au théâtre. Le brouillard était si dense que prendre un fiacre aurait été inutile. Nous avons marché, et notre chemin est passé près du bureau. Soudain il s'est élancé dans le brouillard. »

« Sans un mot ? »

« Il a laissé échapper une exclamation ; c'est tout. J'ai attendu, mais il n'est jamais revenu. Alors j'ai marché jusqu'à la maison. Le matin suivant, après l'ouverture du bureau, ils sont venus s'enquérir de lui. Vers midi, nous avons appris l'affreuse nouvelle. Oh, M. Holmes, si vous pouviez seulement sauver son honneur ! Cela signifiait tant pour lui. »

Holmes secoua la tête tristement.

« Venez, Watson, » dit-il, « notre place est ailleurs. Nous devons maintenant nous rendre au bureau où les plans ont été pris. »

« Ce jeune homme était déjà incriminé, mais notre enquête empire les choses, » remarqua-t-il alors que le fiacre nous emmenait. « Son futur mariage fournit un motif pour le crime. Naturellement il avait besoin d'argent. L'idée lui trottait dans la tête, puisqu'il en a parlé. Il a presque fait de la fille sa complice dans la trahison en lui dévoilant ses plans. Tout cela est bien noir. »

« Mais sûrement, Holmes, que le caractère joue également un rôle ? De plus, n'oublions pas, pourquoi laisser la fille dans la rue et se précipiter pour commettre un crime ? »

« En effet ! Ce sont certainement des objections valables. Mais c'est une accusation très solide qu'elles doivent récuser. »

M. Sidney Johnson, le secrétaire principal, nous rejoignit au bureau et nous reçut avec tout le respect que la réputation de mon compagnon lui valait. C'était un homme mince, à lunettes, d'âge moyen, les joues hâves, et dont les mains tressautaient sous la tension nerveuse à laquelle il avait été soumis.

« C'est mauvais, M. Holmes, très mauvais ! Avez-vous entendu parler de la mort du chef ?

« Nous arrivons tout juste de chez lui. »

« C'est la pagaille ici. Le chef, mort ; Cadogan West, mort ; nos plans, volés. Et pourtant, lorsque nous avons fermé lundi soir, nous étions un bureau aussi efficace que n'importe quel autre au service du gouvernement. Seigneur, c'est terrible d'y penser ! Que West, entre tous, ait commis un tel acte ! »

« Vous êtes donc certain de sa culpabilité ? »

« Je ne vois aucun moyen d'y échapper. Et pourtant, je lui aurais fait confiance autant qu'à moi-même. »

« À quelle heure le bureau a-t-il fermé lundi ? »

« Cinq heures. »

« Est-ce vous qui l'avez fermé ? »

« Je suis toujours le dernier à sortir. »
« Où étaient les plans ? »

« Dans ce coffre. Je les y ai mis moi-même. »

« N'y a-t-il pas de gardien pour ce bâtiment ? »

« Il y en a un, mais il doit aussi veiller sur d'autres départements. C'est un vieux soldat parfaitement digne de confiance. Il n'a rien vu ce soir-là. Bien entendu le brouillard était très épais. »

« Supposons que Cadogan West ait voulu entrer ici après les heures de bureau ; il aurait eu besoin de trois clés, n'est-ce pas, avant de pouvoir mettre la main sur les plans ? »

« Oui, en effet. La clé du bâtiment, la clé du bureau, et la clé du coffre. »

« Seuls Sir James Walter et vous-même avez ces clés ?

« Je n'avais pas les clés des portes – uniquement du coffre. »

« Sir James était-il un homme d'habitudes très ordonnées ? »

« Oui, je pense qu'il l'était. Je sais que pour ce qui est de ces trois clés, il les gardait sur le même anneau. Je les y ai souvent vues.

« Et cet anneau l'a accompagné à Londres ? »

« C'est ce qu'il a dit. »

« Et votre propre clé est demeurée en votre possession ? »

« Toujours. »

« Alors West, s'il est coupable, devait avoir un double. Et pourtant aucun n'a été trouvé sur son corps. Un autre point : si un secrétaire de ce bureau souhaitait vendre les plans, ne serait-il pas plus simple de les copier plutôt que de prendre les originaux, comme ce fut fait ? »

« Copier les plans de manière utilisable requerrait des connaissances techniques considérables. »

« Mais je suppose que vous, ou Sir James, ou West possédiez ces connaissances ? »

« Sans aucun doute, mais je vous supplie de ne pas me traîner dans cette affaire, M. Holmes. Quel est l'intérêt de ces devinettes, alors que les plans originaux ont été effectivement retrouvés sur West ? »

« Eh bien, il est certainement curieux qu'il ait pris le risque d'emporter les originaux, s'il pouvait plus sûrement en prendre des copies qui auraient aussi bien servi son but. »

« Curieux, sans doute – et pourtant il l'a fait. »

« Plus on avance dans ce cas, plus se révèlent des choses inexplicables. En tout les cas, il ne manque plus que trois plans. Ils sont, tel que je l'ai compris, les plus importants. »

« Oui, c'est le cas. »

« Voulez-vous dire que quiconque en possession de ces trois plans, et sans les sept autres, pourrait construire un sous-marin Bruce-Partington ? »

« C'est ce que j'ai dit à l'amirauté. Mais aujourd'hui, j'ai réexaminé les dessins, et je n'en suis plus si sûr. Les doubles valves munies de rainures auto-ajustantes sont dessinées sur l'un des plans qui ont été récupérés. Jusqu'à ce que les étrangers les aient inventées d'eux-mêmes, ils ne peuvent pas construire le submersible. Bien sûr, il est possible qu'ils surmontent rapidement cette difficulté. »

« Mais les trois dessins manquants sont les plus cruciaux ? »

« Indubitablement. »

« Je pense qu'avec votre permission je vais maintenant inspecter les lieux. Je ne pense pas avoir d'autres questions. »

Il examina la serrure du coffre, la porte de la pièce, et finalement les volets de fer de la fenêtre. Ce n'est qu'en parvenant à la pelouse, dehors, que son attention fut fortement éveillée. Il y avait un laurier sous la fenêtre, et plusieurs des branches étaient visiblement pliées ou cassées. Il les examina soigneusement avec sa loupe, puis quelques marques vagues et indistinctes sur la terre en dessous. Finalement, il demanda au secrétaire principal de fermer les volets de fer, et il me fit remarquer qu'ils se joignaient mal en leur centre, et qu'il serait possible à quelqu'un à l'extérieur de voir ce qui se passait dans la pièce.

« Les indices sont ruinés par les trois jours de délai. Ils peuvent vouloir dire tout ou rien. Eh bien, Watson, je ne pense pas que Woolwich puisse nous aider davantage. C'est une maigre moisson que nous avons faite. Voyons si nous ne ferons pas mieux à Londres.

Et pourtant nous ajoutâmes un épi de plus à notre récolte avant de quitter Woolwich Station. Le guichetier put nous dire avec assurance qu'il avait vu Cadogan West – qu'il connaissait bien de vue – le lundi soir, et qu'il s'était rendu à Londres par le train de 20 h 15 pour London Bridge. Il était seul et n'avait pris qu'un aller simple en troisième classe. Le fonctionnaire avait été frappé par son excitation et sa nervosité. Il tremblait au point d'en avoir du mal à ramasser sa monnaie, et que le guichetier l'y avait aidé. En nous reportant aux horaires, nous vîmes que le train de 20 h 15 était le premier que West avait pu prendre après avoir quitté la demoiselle vers 19 h 30.

« Récapitulons, Watson, » dit Holmes après une demi-heure de silence. « Je ne me souviens pas d'avoir rencontré, dans toutes nos collaborations, de cas plus difficile à appréhender. Chaque avancée que nous faisons nous conduit à une nouvelle difficulté. Et pourtant nous avons certainement fait quelques progrès. »

« Les résultats de nos investigations à Woolwich sont dans l'ensemble défavorables au jeune Cadogan West ; mais les indices à la fenêtre se prêtent à une interprétation plus favorable. Supposons par exemple qu'il ait été approché par un agent étranger. Cela a pu se faire sous le sceau du secret, son attachement à sa parole lui aurait interdit d'en parler, et pourtant cela aurait influencé ses pensées dans la direction indiquée par ses remarques à sa fiancée. Très bien. Supposons maintenant qu'alors qu'il se rendait au théâtre avec la demoiselle, il ait eut, à travers le brouillard, un aperçu de ce même agent se dirigeant vers son bureau. C'était un homme impétueux, prompt à se décider. Son devoir passait avant tout. Il aurait suivi cet homme, atteint la fenêtre, été témoin du vol des documents, et aurait poursuivi le voleur. De cette façon, nous surmontons l'objection que nul n'aurait pris les originaux, alors qu'il pouvait en faire des copies. Cet homme, extérieur au bureau, devait prendre les originaux. Jusque là, ça se tient. »

« Quelle est la prochaine étape ? »

« C'est là que les choses se compliquent. On imagine bien qu'en de telles circonstances, le premier acte du jeune Cadogan West aurait été d'attraper le malfaiteur et de donner l'alarme. Pourquoi ne l'a-t-il pas fait ? Un supérieur hiérarchique aurait-il pu prendre les papiers ? Cela expliquerait la conduite de West. Ou le voleur a-t-il pu échapper à West dans le brouillard, et West se serait rendu sur le champ à Londres pour le précéder à son domicile, à supposer qu'il sût où il se trouvait ? Ce devait être urgent et important, pour qu'il laisse la fille dans le brouillard et ne fasse aucun effort pour communiquer avec elle. Notre piste se refroidit là, et il reste un gouffre entre ces hypothèses et le corps de West gisant sur le toit d'un train métropolitain avec sept papiers en poche. Mes instincts me disent maintenant de travailler à rebours. Si Mycroft nous fait parvenir la liste des adresses, nous pourrions trouver notre homme et suivre deux pistes au lieu d'une. »

Comme il s'y attendait, une note nous attendait à Baker Street. Un messager du gouvernement nous l'avait apportée en hâte. Holmes y jeta un œil et me la jeta.

« Le menu fretin est nombreux, mais peu pourraient s'attaquer une telle affaire. Les seuls hommes qui méritent d'être pris en compte sont Adolph Meyer, 13, Great Georges Street, Westminster ; Louis la Rothiere, Campden Mansions, Notting Hill ; et Hugo Oberstein, 13 Caulfield Gardens, Kensington. Ce dernier était en ville lundi, et on le dit parti. Heureux d'apprendre que tu vois de la lumière. Le Cabinet attend ton rapport définitif avec la plus grande anxiété. Des demandes urgentes ont émané des plus hautes instances. Toute la puissance de l'État est à ta disposition, si tu devais en avoir en besoin. MYCROFT. »

« J'ai bien peur, » dit Holmes en souriant, « que tous les chevaux de la reine et tous les hommes de la reine ne me soient d'aucun secours en la matière. » Il avait étalé une grande carte de Londres et se penchait dessus impatiemment. « Eh bien, dit-il avec une exclamation de satisfaction, les choses nous sont enfin un peu plus favorables. Je crois même sincèrement, Watson, que nous y parviendrons, après tout. » Il me tapa sur l'épaule avec une soudaine explosion de joie. « Je sors. Ce n'est qu'une reconnaissance. Je ne ferais rien de sérieux sans mon estimé camarade et biographe à mes côtés. Si vous restez ici, il est probable que vous me revoyiez d'ici une heure ou deux. Si le temps se fait long, prenez un papier et une plume, et commencez à raconter comment nous avons sauvé l'État. »

Je ressentais moi-même comme un reflet de son excitation, car je savais qu'il ne modifierait pas tant son austérité habituelle s'il n'avait une bonne raison d'exulter. J'attendis son retour toute la longue soirée de novembre, plein d'impatience. Enfin, peu après neuf heures, un messager arriva, porteur d'une note :

« Dîne au restaurant Goldini, Gloucester Road, Kensington. Merci de m'y rejoindre tout de suite. Apportez une pince monseigneur, une lanterne sourde, un ciseau, et un revolver. S. H. »

C'était un curieux assortiment à emporter dans les rues obscures et brumeuses pour un respectable citoyen. Je rangeai ces outils discrètement dans mon manteau et me rendis directement à l'adresse indiquée. J'y trouvai mon ami assis à une petite table ronde près de la porte du luxueux restaurant italien.

« Avez-vous mangé quelque chose ? Dans ce cas joignez-vous à moi pour un café et un curaçao. Essayez l'un des cigares du propriétaire. Ils sont moins toxiques que l'on ne pourrait s'y attendre. Avez-vous les outils ? »

« Ils sont là, dans mon manteau. »

« Excellent. Laissez-moi vous donner une idée de ce que j'ai fait, et de ce que nous allons faire. Il doit maintenant vous être évident, Watson, que le corps de ce jeune homme a été déposé sur le toit du train. C'était clair dès l'instant où j'ai déterminé que c'est du toit, et non du wagon, qu'il était tombé. »

« N'a-t-il pas pu y être jeté d'un pont ? »

« Je pense que c'est impossible. Si vous examinez les toits vous verrez qu'ils sont légèrement arrondis, et qu'il n'y a pas de rambarde autour. Nous pouvons donc dire avec certitude que le jeune Cadogan West a été déposé dessus.

« Comment a-t-il pu y être mis ? »

« C'est la question à laquelle il nous faut répondre, et il n'y a qu'une façon. Vous êtes conscient que le métro sort des tunnels à certains endroit du West End. Je me souviens vaguement d'avoir vu des fenêtres juste au dessus de ma tête alors que je l'empruntais. Maintenant, supposons qu'un train s'arrête sous une telle fenêtre, serait-il difficile de déposer un corps sur le toit ? »

« Cela semble des plus improbables. »

«Nous devons nous rabattre sur le vieil axiome selon lequel, toutes autres possibilités étant exclues, ce qui reste, aussi improbable que ce soit, doit être vrai. Nous venons d'exclure toutes les autres possibilités. Lorsque j'ai découvert qu'un agent d'envergure internationale, qui vient de quitter Londres, vit dans une rangée de maisons qui surplombe le métro, j'étais si content que vous avez été légèrement étonné de ma soudaine frivolité.

« Oh, c'était cela ? »

«Oui, c'était cela. M. Hugo Oberstein, du 13, Caulfield Gardens, est devenu mon objectif. J'ai commencé mes investigations à la station de Gloucester Road, où un fonctionnaire fort serviable m'a emmené le long des voies et permis de constater que non seulement les fenêtres arrière de Caulfield Gardens donnent sur la ligne, mais aussi qu'à cause d'une intersection avec l'une des voies ferrées les plus fréquentées, les trains métropolitains se tiennent fréquemment immobiles pendant plusieurs minutes à cet endroit même.

« Superbe, Holmes ! Vous l'avez ! »

« Jusque là – jusque là, Watson. Nous avançons, mais le but est encore loin. Enfin, ayant vu l'arrière de Caulfield Gardens, j'ai visité l'avant et constaté de visu que l'oiseau s'était envolé. C'est une maison imposante, non meublée pour autant que je puisse en juger, du moins les pièces supérieures. Oberstein vivait là avec un seul serviteur, qui était sans doute de confiance. Nous devons nous souvenir qu'Oberstein s'est rendu sur le continent pour disposer de son butin, mais sans idée de fuite ; car il n'avait aucune raison de craindre une perquisition, et l'idée d'un cambriolage amateur ne lui serait certainement jamais venue. Mais c'est précisément ce que nous nous apprêtons à faire. »

« Ne pourrions-nous pas demander un mandat et le faire légalement ? »

« Pas sur des preuves si ténues. »

« Que peut-on espérer accomplir ? »

« Nous ne pouvons pas deviner quelles lettres peuvent s'y trouver. »

« Je n'aime pas ça, Holmes. »

« Mon cher ami, vous ferez le guet. Je m'occuperai de l'aspect illégal. Ce n'est pas le moment de renâcler sur des détails. Pensez au message de Mycroft, à l'amirauté, au cabinet, à la personne de si haut rang qui attend des nouvelles. Nous nous devons d'y aller. »

Ma réponse fut de me lever.

« Vous avez raison, Holmes. Nous y sommes tenus. »

Il bondit et me serra la main.

« Je savais que vous ne vous déroberiez pas au dernier moment, » dit-il, et un instant je vis quelque chose dans ses yeux qui était plus proche de la tendresse que je ne l'avais jamais vu. L'instant suivant, il avait retrouvé sa maîtrise de soi habituelle.

« Il y a presque un mille, mais nous ne sommes pas pressés. Autant marcher, » dit-il. « Ne faites pas tomber les outils, je vous en prie. Votre arrestation comme personne suspecte serait une complication des plus malheureuses. »

Caulfield Gardens était une de ces rangées de maisons à façades plates, avec piliers et portique, qui sont un produit si typique du style victorien dans le West End de Londres. La maison voisine semblait abriter une fête d'enfants, car le bourdonnement joyeux de jeunes voix et la cascade de notes d'un piano résonnaient à travers la nuit. Le brouillard continuait de nous envelopper de son flou bienvenu. Holmes avait allumé sa lanterne et éclaira la porte massive.

« C'est un cas difficile, » dit-il. « Elle est certainement barrée en plus d'être verrouillée. Nous pourrions faire mieux à partir de la cour. Il y a un excellent porche près d'ici, en bas, au cas où un policier trop zélé devrait faire irruption. Donnez-moi un coup de main, Watson, et je ferai de même pour vous. »

Une minute plus tard nous étions tous deux sur place. Nous avions à peine atteint l'ombre bienveillante que nous entendions les pas d'un policier dans le brouillard au-dessus de nous. Alors que leur cadence mesurée s'éteignait, Holmes se mit à l'ouvrage sur la porte du bas. Je le vis se pencher et forcer jusqu'à ce qu'elle s'ouvre brutalement avec un craquement sec. Nous nous précipitâmes à travers le passage obscur, fermant la porte derrière nous. Holmes nous guida en haut d'un escalier incurvé de pierre nue. Son pinceau de lumière jaune brilla sur une fenêtre basse.

« Nous y sommes, Watson – ce doit être celle-là. » Alors qu'il l'ouvrait, nous entendîmes un murmure dur et bas, grandissant en intensité jusqu'à un rugissement métallique alors qu'un train passait dans la nuit. Holmes balaya de sa lumière le cadre de la fenêtre. Il était couvert d'une épaisse couche de suie provenant des machines qui passaient, mais la surface noire était frottée, atténuée par endroits.

« Vous pouvez voir où ils ont déposé le corps. Hourra, Watson ! qu'est ceci ? Il ne fait aucun doute qu'il s'agit d'une tache de sang. » Il pointait de faibles décolorations le long du cadre de la fenêtre. « On en retrouve sur la pierre de l'escalier également. La démonstration est complète. Attendons qu'un train s'arrête. »

Nous n'eûmes pas à attendre longtemps. Le prochain train à arriver rugit du tunnel comme auparavant, mais ralentit à l'air libre et, avec un grincement de freins, s'arrêta juste au-dessous de nous. Il n'y avait pas beaucoup plus d'un mètre du rebord de la fenêtre au toit du wagon. Holmes ferma doucement la fenêtre.

« Jusque là les faits nous donnent raison, » dit-il. « Qu'en pensez-vous, Watson ? »

« Un coup de maître. Vous ne vous êtes jamais élevé aussi haut. »

« Je ne peux pas être d'accord avec vous. Dès le moment où j'ai conçu l'idée du corps sur le toit, qui n'était pas bien compliquée, le reste était inévitable. S'il n'y avait pas de si graves enjeux, jusque là cette affaire serait insignifiante. Nos problèmes restent encore à résoudre. Mais nous trouverons peut-être ici quelque chose pour nous y aider.

Nous avions gravi l'escalier de la cuisine et étions entrés dans la suite de pièces du premier étage. Il y avait une salle à manger, spartiatement meublée et ne contenant rien d'intéressant. La deuxième était une chambre à coucher, également décevante. La dernière pièce semblait plus prometteuse, et mon compagnon s'attacha à l'examiner systématiquement. Elle était couverte de livres et de papiers, et était clairement utilisée comme étude. Rapidement et méthodiquement, Holmes retourna les contenus tiroir après tiroir et étagère après étagère, mais aucune lueur de succès ne vint illuminer son visage austère. Au bout d'une heure, il n'était pas plus avancé.

« Le renard a couvert ses traces, » dit-il. « Il n'a rien laissé pouvant l'incriminer. Sa correspondance a été détruite ou retirée, et avec elle la menace qu'elle pouvait représenter pour lui. Ceci est notre dernière chance. »

C'était une petite boîte en étain qui se trouvait sur le bureau. Holmes en força l'ouverture avec son ciseau. Plusieurs rouleaux de papier s'y trouvaient, couverts de chiffres et de calculs, sans annotations pour indiquer à quoi ils se référaient. Certains mots récurrents, comme « pression de l'eau » et « pression par pouce carré » suggéraient un possible lien avec un sous-marin. Holmes les rejeta impatiemment de côté. Ne restait plus qu'une enveloppe contenant quelques coupures de journaux. Il la vida sur la table, et je vis tout de suite à son expression vibrante qu'il fondait de grands espoirs sur ces coupures.

« Qu'est ceci, Watson ? Eh ? Qu'est-ce ? La trace d'une série de messages dans un journal. Les petites annonces du Daily Telegraph à en juger par les caractères et le papier. Le coin supérieur droit d'une page. Pas de dates – mais les messages parlent d'eux-mêmes. Ce doit être le premier :

« Espérais des nouvelles plus tôt. Conditions acceptées. Écrivez à l'adresse donnée sur la carte. PIERROT.

« Ensuite vient : »

« Trop complexe pour description. Dois avoir la totalité. Ce qui est convenu vous attend à la livraison. PIERROT.

« Et alors :

« Devient urgent. Dois retirer offre sauf si contrat rempli. Prenez RDV par lettre. Confirmerai par journal. PIERROT.

« Enfin :

« Lundi après 9 h pm. Deux coups. Nous seuls. Ne soyez pas si soupçonneux. Paiement en liquide à la livraison. PIERROT.

« Une correspondance complète, Watson ! Si nous pouvions seulement atteindre l'homme à l'autre bout ! » Il s'assit, perdu dans ses pensées, et tambourina la table du bout des doigts. Enfin, il se redressa brusquement.

« Eh bien, peut-être que ce ne sera pas si difficile, après tout. Il n'y a plus rien à faire ici, Watson. Je pense que nous pourrions nous rendre aux bureaux du Daily Telegraph, et ainsi parachever le travail d'une journée fructueuse. »

Mycroft Holmes et Lestrade étaient venus sur rendez-vous après le petit-déjeuner du lendemain et Sherlock Holmes leur avait conté nos activités du jour précédent. Le professionnel secoua la tête à notre cambriolage avoué.

« Nous ne pouvons pas nous permettre de tels agissements dans la police, M. Holmes, » dit-il. « Il n'est pas surprenant que vous obteniez des résultats au-delà des nôtres. Mais un de ces jours, vous irez trop loin, et vous vous retrouverez tous deux dans l'embarras. »

« Pour l'Angleterre, le foyer et la beauté – eh, Watson ? Martyr sur l'autel de notre pays. Mais qu'en penses-tu, Mycroft ? »

« Excellent, Sherlock ! Admirable ! Mais qu'en feras-tu ? »

Holmes prit le Daily Telegraph qui se trouvait sur la table.

« Avez-vous vu le message de Pierrot aujourd'hui ? »

« Comment ? Un autre ? »

« Oui, juste ici :

« Ce soir. Même heure, même endroit. Deux coups. Importance cruciale. Votre sécurité en jeu. PIERROT.

« Par Georges ! s'écria Lestrade. S'il répond, nous l'avons ! »
« C'était l'idée lorsque je l'ai fait insérer. Je pense que si vous pouviez tous deux vous joindre à nous vers huit heures ce soir à Caulfield Gardens, nous pourrions peut-être approcher un peu plus de la solution. »

L'un des traits les plus remarquables de Sherlock Holmes était sa capacité à se détacher de l'action et à consacrer toutes ses pensées à de plus futiles considérations lorsqu'il s'était convaincu d'avoir fait tout son possible. Je me souviens que durant la totalité de ce jour mémorable, il se dédia à corps perdu à la rédaction d'une monographie qu'il avait entamée sur les Motets polyphoniques de Lassus. Pour ma part je n'avais rien de sa capacité de détachement, et la journée me parut en conséquence interminable. L'importance nationale de l'enjeu, le suspense au plus haut niveau de l'État, la nature directe de notre tentative – tout se combinait pour me porter sur les nerfs. Ce fut un soulagement pour moi lorsque enfin, après un dîner léger, nous nous mîmes en route. Lestrade et Mycroft nous rencontrèrent comme convenu à l'extérieur de la station Gloucester Road. La porte arrière de la maison d'Oberstein était restée ouverte la nuit précédente, et il me fut nécessaire, comme Mycroft refusait absolument et avec indignation de grimper à la balustrade, d'entrer et d'ouvrir la porte d'entrée. À neuf heures nous étions tous assis dans l'étude, attendant patiemment notre homme.

Une heure passa, puis une autre. Lorsque onze heures sonnèrent, les battements mesurés de la grande horloge de l'église semblèrent sonner le glas de nos espoirs. Lestrade et Mycroft remuaient sur leurs sièges et regardaient leur montre deux fois par minute. Holmes était assis, silencieux et composé, ses paupières à demi fermées, mais tous les sens aux aguets. Il leva la tête d'une brusque secousse.

« Il arrive, » dit-il.

Il y avait eu un pas furtif devant la porte. Maintenant on l'entendait de nouveau. Nous entendîmes un bruit étouffé dehors, puis deux coups secs avec le heurtoir. Holmes se leva, nous faisait signe de rester assis. La lampe à gaz dans le hall était réduite à un point de lumière. Il ouvrit la porte extérieure, et alors qu'une silhouette sombre se glissait à l'intérieur il referma et verrouilla la porte. « Par ici ! » dit-il, et un moment plus tard notre homme se tenait devant nous. Holmes l'avait suivi de près, et alors que l'homme se retournait avec un cri de surprise et d'alarme, il l'attrapa par le col et le rejeta dans la pièce. Avant que notre prisonnier n'ait retrouvé son équilibre, la porte était fermée et Holmes s'y était adossé. L'homme jeta un regard furieux aux alentours, tituba, et tomba évanoui au sol. Sous le choc, son chapeau à larges bords quitta sa tête, son foulard descendit de ses lèvres, et l'on put voir la longue barbe claire et les traits doux et délicatement ciselés du Colonel Valentine Walter.

Holmes eut un sifflement de surprise.

« Vous pouvez me tenir pour un imbécile, cette fois, Watson, » dit-il. « Ce n'est pas l'oiseau auquel je m'attendais. »

« Qui est-ce ? » demanda Mycroft avec impatience.

« Le jeune frère de feu Sir James Walter, qui était à la tête du département des sous-marins. Oui, oui, je vois à quoi ressemblent les cartes. Il va bientôt le voir aussi. Je crois que vous feriez mieux de me laisser l'interroger. »

Nous avions porté le corps prostré sur le sofa. Maintenant notre prisonnier était assis ; il regardait autour de lui d'un air horrifié, et se passait la main sur le front, comme quelqu'un qui ne peut en croire ses yeux.

« Qu'est ceci ? » demanda-t-il. « Je suis venu ici voir M. Oberstein. »

« Tout a été découvert, Colonel Walter, » dit Holmes. « Comment un gentilhomme anglais a pu se comporter de cette façon me dépasse. Mais toute votre correspondance et votre relation avec Oberstein nous sont connues. Tout comme le sont les circonstances de la mort du jeune Cadogan West. Puis-je vous conseiller de recouvrer au moins le mérite du repentir et d'une confession, puisqu'il reste quelques détails que nous ne pouvons apprendre que de vos lèvres. »

L'homme grogna et plongea la tête entre les mains. Nous attendîmes, mais il restait silencieux.

« Je puis vous assurer, » dit Holmes, « que l'essentiel nous est déjà connu. Nous savons que vous aviez des soucis d'argent ; que vous avez pris l'empreinte des clés dont votre frère avait la garde ; et que vous avez correspondu avec Oberstein, qui vous répondait par le biais des colonnes du Daily Telegraph. Nous savons que vous vous êtes rendu au bureau, dans le brouillard de la soirée de lundi, mais que vous avez été vu et suivi par le jeune Cadogan West, qui avait sans doute quelque raison antérieure de vous soupçonner. Il a vu votre vol, mais ne pouvait pas donner l'alarme, car il était possible que vous ayez pris les papiers pour les remettre à votre frère à Londres. Laissant ses propres projets de côté, comme le bon citoyen qu'il était, il vous a suivi de près dans la brume et est resté sur vos talons jusqu'à ce que vous atteigniez cette maison. Alors, il est intervenu, et c'est alors, Colonel Walter, qu'à la trahison vous avez ajouté le plus grave crime de meurtre. »

« Non ! Non ! Je vous jure devant Dieu que je ne l'ai pas fait ! » s'écria notre prisonnier effondré.

« Dites-nous, alors, comment Cadogan West est mort avant que vous ne le déposiez sur le toit d'un wagon. »

« Je vais le faire. Je vous jure que je vais le faire. J'ai fait le reste. Je l'avoue. Cela s'est passé exactement comme vous l'avez dit. Une dette en bourse devait être payée. J'avais gravement besoin d'argent. Oberstein m'offrait cinq mille livres. C'était pour me sauver de la ruine. Mais pour ce qui est du meurtre, je suis aussi innocent que vous. »

« Que s'est-il passé, alors ? »

« Il avait des soupçons, et m'a suivi comme vous l'avez décrit. Je ne l'ai découvert que sur le seuil de la maison. Le brouillard était épais, et on ne pouvait pas voir à trois pas. J'avais frappé deux coups et Oberstein m'avait ouvert. Le jeune homme s'est jeté sur nous et nous a demandé ce que nous comptions faire avec les plans. Oberstein porte toujours sur lui un gourdin court. Alors que West s'introduisait de force dans la maison, Oberstein l'a frappé à la tête. Le coup fut fatal. Il était mort dans les cinq minutes. Il gisait dans l'entrée, et nous n'avions aucune idée de ce qu'il fallait faire. C'est alors qu'Oberstein a eu cette idée au sujet des trains qui s'arrêtaient sous sa fenêtre de derrière. Mais nous avons d'abord examiné les papiers que j'avais apportés. Il a dit que trois d'entre eux étaient essentiels, et qu'il devait les garder.'Vous ne pouvez pas les garder,'ai-je dit.'Woolwich sera dans tous ses états, s'ils ne sont pas rendus."Je dois les garder,'dit-il,'car ils sont si techniques qu'il est impossible de les copier dans un délai si court."Alors, ils doivent être retournés ensemble ce soir,'dis-je. Il a réfléchi un moment, puis s'est exclamé qu'il avait la solution.'Je vais en garder trois,'dit-il.' Les autres, nous les mettrons dans la poche de ce jeune homme. Lorsqu'il sera trouvé, toute la faute retombera sans doute sur lui'. Je ne voyais pas d'autre solution, alors nous avons fait comme il le suggérait. Nous avons attendu une demi-heure à la fenêtre avant qu'un train ne s'arrête. Le brouillard était si épais que l'on ne pouvait rien voir, et nous n'avons eu aucun mal à déposer le corps de West sur le train. C'était la fin des événements en ce qui me concernait.

« Et votre frère ? »

« Il n'a rien dit, mais il m'avait surpris une fois avec ses clés, et je pense qu'il se doutait. Je voyais dans ses yeux qu'il me suspectait. Comme vous le savez, il ne s'en est pas remis. »

Le silence régnait dans la pièce. Il fut brisé par Mycroft Holmes.

« Ne pouvez-vous offrir réparation ? Cela soulagerait votre conscience, et peut-être diminuerait votre sentence. »

« Quelle réparation puis-je faire ? »

« Où se trouve Oberstein avec les papiers ? »

« Je ne le sais pas. »

« Ne vous a-t-il pas donné d'adresse ? »

« Il a dit que les lettres adressées à l'hôtel du Louvre, à Paris, finiraient par le joindre. »

« Alors il vous est encore possible de réparer, » dit Sherlock Holmes.

« Je ferai tout ce qui est en mon pouvoir. Je ne dois rien à ce type. Il a été ma ruine et ma chute. »

« Voilà du papier et une plume. Asseyez-vous et écrivez ce que je vais vous dicter. Adressez l'enveloppe comme convenu. C'est cela. Maintenant, la lettre :

« Cher monsieur,
Concernant notre transaction, vous aurez sans doute remarqué maintenant qu'il manque un détail essentiel. J'ai le schéma qui complète l'ensemble. Il m'a coûté quelques peines supplémentaires, toutefois, et j'en

demande un surplus de cinq cents livres. Je ne puis le confier à la poste, et je ne prendrai que de l'or ou des billets. Je vous rejoindrais bien à l'étranger, mais un tel déplacement de ma part en ce moment attirerait l'attention. J'espère donc vous voir dans le fumoir de l'hôtel Charing Cross à midi ce dimanche. Souvenez-vous que seuls des billets anglais, ou de l'or, seront acceptés. »

Cela fera l'affaire. Je serais très surpris que ça ne nous amène pas notre homme.»

Et cela marcha ! C'est un fait historique – de cette histoire secrète des nations, celle qui est souvent tellement plus intime et intéressante que ses versions officielles – qu'Oberstein, impatient de peaufiner l'affaire de sa carrière, mordit à l'hameçon et fut mis en sûreté pour quinze ans dans une prison britannique. Dans ses bagages, on trouva les plans du Bruce-Partington, qu'il avait mis aux enchères dans tous les grands arsenaux d'Europe. Le colonel Walter mourut en prison vers la fin de la deuxième année de sa peine. Quant à Holmes, il retourna à sa monographie sur les motets polyphoniques de Lassus, qui a depuis été imprimée pour circulation privée, et est considérée par les experts comme étant le dernier mot sur le sujet. Quelques semaines plus tard, j'appris que mon ami avait passé une journée à Windsor, d'où il revint avec une remarquable émeraude montée en épingle de cravate. Lorsque je lui ai demandé s'il l'avait achetée, il répondit qu'il s'agissait d'un cadeau d'une certaine gracieuse dame dans l'intérêt de laquelle il avait eu la chance de rendre un service mineur. Il n'en a pas dit plus, mais je crois que je devine le nom de l'auguste dame, et j'ai peu de doutes que l'épingle d'émeraude rappelle à jamais à mon ami l'aventure des plans du Bruce-Partington.